Der Großeltern Haus

Der Großeltern Haus

DER GROSSELTERN HAUS

Irene Siegwart

Bibliografische Information der Deutschen Nationalbibliothek: Die Deutsche Nationalbibliothek verzeichnet diese Publikation in der Deutschen Nationalbibliografie; detaillierte bibliografische Daten sind im Internet über dnb.dnb.de abrufbar.

© 2023 Irene Siegwart
Herstellung und Verlag: BoD – Books on Demand, Norderstedt
ISBN: 978-3-7568-3318-4

Der Großeltern Haus

Das Jahr 1921 ist das Jahr der Wirtschaftskrise. In diesem schlimmen Jahr, erwarten Magdalena und Michel Oberhauser ihr zweites Kind. Albert, ihr erstes Kind, ist bereits fünf Jahre alt. Seit ihrer Eheschließung wohnen im Haus von Magdalenas Schwester Maria. Es ist beengt mit zwei Familien, obwohl Marias Mann ein großes Haus gebaut hatte. Die beiden Eheleute verstehen sich gut, daher ging das Zusammenleben bisher auch reibungslos. Mit zwei Kindern wollen sie endgültig aus der kleinen Mietwohnung in der oberen Warndtstraße ausziehen.

Dabei ist die Bezeichnung „Mietwohnung" fast irreführend. Wir, aus unserer heutigen Zeit, bezeichnen damit eine sogenannte „abgeschlossene" Wohnung. Also eine Wohnung mit eigener Küche, eigenem WC und Bad und einer Korridortür, die man abschließen kann. Die Wohnung im Haus von Marias Familie war anders.

Michel und Magdalena hatten nur ein Schlafzimmer und eine Kammer Wohnbereich. Die Kammer diente als privater Rückzugsraum oder Wohnzimmer. Dort befand sich auch ein Waschbecken. Sie hatten kein eigenes Bad oder WC, auch keine eigene Küche. Sie hatten nicht einmal eine Kochplatte oder etwas ähnliches in ihrer Kammer, worauf sie ein kleines warmes Gericht hätten zubereiten können. Nein. Das Schlafzimmer war in der zweiten Etage des Hauses, die Kammer im Erdgeschoß. Sie war ihr Lebensmittelpunkt, ihr Wohnzimmer sozusagen. Eine eigene Küche hatten sie nicht.

Magdalenas Schwester Maria stellte ihre Wohnküche zur Verfügung. Diese wurde somit zur gemeinsamen Küche, die an Samstagen zum Bad umfunktioniert wurde. Dann stellte man einen großen Zuber in die Mitte der Küche und befüllte diesen mit warmem Wasser, welches man in großen Töpfen auf dem Küchenofen, erwärmte. Im Sommer, wenn die Temperaturen warm waren, badete man im Keller. Auch dort konnte nur im Zuber gebadet werden, allerdings dann mit kaltem Wasser direkt aus der Wasserleitung.

Die Toilette war für damalige Zeit modern. Sie an das Haus angebaut und über den Flur erreichbar. Es war ein Plumpsklo, ohne Spülung. Normalerweise befand sich ein solches Plumpsklo im Garten, einige Meter vom Haus entfernt. Hier war es wesentlich bequemer. Marias Mann hatte die Idee im Flur ein kleiner Durchbruch in die Wand zu brechen so dass man, wie in einer Ritterburg auch, im Erker saß und die Notdurft nach unten in direkt in die Jauchegrube fiel. So musste man nicht in den Garten. Sehr bequem in der Nacht - man ersparte sich den Nachttopf - und im Winter oder bei Regen musste man nicht in der Kälte in den Hof.

So gerne die Großeltern mit der Familie zusammenwohnten, Großvater wollte etwas Eigenes, etwas, dass er seinen Kindern hinterlassen konnte und ihnen Sicherheit für die Zukunft bieten sollte. Er wollte ein eigenes Haus. Er dachte großzügig und weit voraus. Ich frage mich oft, welche Überlegungen sie hatten, sich in ein so großes Projekt zu stürzen. Wirtschaftlich war eine Mietwohnung bei der Familie eine sichere Sache. Sie wohnten zwar räumlich begrenzt, doch andererseits bei geringen Ausgaben ohne finanzielles Risiko. Und sie hatten immer Kontakt zu Schwester und Schwager, konnten sich gegenseitig unterstützen und einander helfen.

Der Kauf eines Hauses war ein großes Wagnis, zumal gerade mal zwei Jahre nach dem Krieg kein Finanzpolster auf dem Sparbuch vorhanden war. Aber Michel und Magdalena wollten anderen nicht zur Last fallen. Sie wollten ihren Kindern ein eigenes Zuhause sichern. Die Menschen hatten noch die Hungerzeit nach dem 1. Weltkrieg in schrecklicher Erinnerung. Großmutter hat später immer von der „Ersten schlimmen Zeit" gesprochen. Diese sei noch schlimmer gewesen als die Zeit nach dem 2. Weltkrieg, der „Zweiten schlimmen Zeit". Die Möglichkeit selbst Obst und Gemüse anzubauen, eine kleine Tierhaltung dazu, war ihnen wichtig. So war man mit den Lebensmitteln nicht andere angewiesen.

Magdalena Oberhauser geb. Schuler und Michel Oberhauser um 1950

Großrosseln gehörte zum – wie man es damals nannte – Saargebiet. Es stand unter dem Mandat des Völkerbundes und war von diesem in französische Verwaltung gegeben worden. Durch die Weltwirtschaftskrise, die sich auch auf das Saargebiet auswirkte, gab es auch hier wirtschaftliche Probleme. Die Banken waren mit Versteigerungen der Häuser schnell bei der Hand. Man musste sehen, wie man seine Ratenzahlungen pünktlich beglich. Das war nicht allen möglich. Auch Geschäftsleuten konnte eine Insolvenz blühen, sie verloren dann auch oft ihr Wohnhaus, welches sie noch im Glauben an den Erfolg ihres Unternehmens der Bank als Sicherheit verpfändet hatten.

So hörte Michel eines Tages von der Versteigerung dreier Häuser aus Großrosseln. Nach Erinnerung meiner Mutter handelte es sich dabei um Häuser eines Geschäftsmannes aus dem Ort, der durch die Wirtschaftskrise in die Insolvenz geraten sei.

Michel erfuhr davon und ging am Versteigerungstermin zum Amtsgericht nach Völklingen. Viele Menschen sollen anwesend gewesen sein, denn das Drama um die Insolvenz des bekannten Unternehmers war lange Gesprächsstoff. Neben den Neugierigen befanden sich auch ernsthaft interessierte Menschen im Publikum. Beim ersten Haus, welches in der Versteigerung aufgerufen wurde, ging der Preis sehr hoch. Dieses Haus befand sich in der Nähe von Michels Elternhauses in der Karlsbrunnerstraße. Es war ein kleines Haus, die Größe hätte Michel zugesagt. Doch als die Gebote immer höher stiegen, bot Michel nicht mehr mit. Beim zweiten Haus gefiel ihm dessen Lagen in der Hauptstraße nicht und so gab Michel hier keine Gebote ab. Sein Ziel war das dritte Haus in der Versteigerung und das Beste: es befand sich in der Warndtstraße. Dieses versuchte er zu erwerben.

Bei dessen Aufruf soll er fleißig mitgeboten haben. Auch hier gingen die Gebote hoch, aber Michel vertraute auf sein Glück. Schließlich gelang es ihm und er erhielt den Zuschlag. Sein Gebot war das höchste, die anderen stiegen aus der Versteigerung aus. Michel atmete auf. Er hatte es erreicht. Es war sein Ziel, seine Heimstatt, die er seiner Familie schenken wollte. Das Haus war teuer, aber er würde die Finanzierung stemmen. Da war er sich sicher. Und sein Lenchen, wie er seine Frau nannte, würde stolz auf ihn sein.

Es war der Beginn der Verwirklichung seines großen Traumes.

Das Haus war ein 1½ stöckiges geräumiges Wohnaus mit der Hausnummer 38, also etwas unterhalb des Hauses von Schwägerin Maria. Es war das in der Versteigerung teuerste und größte Haus. Für damalige Zeit war es sehr modern und fast neu.

War Michel hier über seine Verhältnisse gegangen? Nein, er kannte das Haus. Es war solide und erst vor drei Jahren gebaut worden, also praktisch ein Neubau. Es stand in der Nähe zur Familie, sowohl zur Schwägerin als auch zur Familie in der Karlsbrunnerstraße, dort wo seine Eltern und seine Geschwister wohnten. Auch zu den Eltern Lenas war es nicht weit. Hinter dem Garten befand sich ein Feldweg, ein Verbindungsweg durch die Wiesen zwischen der Warndt- und der Karlsbrunnerstraße. Auf kurzem Weg durch die Felder konnte man zur Familie gehen. Und, was wichtig für ihn war, er wusste die kleine Wohnung in der Dachschräge ist vermietet. Michel konnte die Mieteinnahmen in seine Finanzplanung einkalkulieren.

Zum Haus gehörte unterhalb des Berghanges ein kleiner Gemüsegarten, dieser würde zusätzlich zum Lebensunterhalt beitragen. Das Haus hatte Hochkeller, in dem befand sich eine Sommerküche sowie die für damalige Verhältnisse seltene Toilette mit Wasserspülung und einen Raum mit Badewanne und mit Holz beheizbaren Badeofen. Also ein beheizbares Bad. In einem weiteren Kellerraum waren Platz für eine Ziege und ein Schwein.

In der Etage darüber befand sich die Wohnung. Eine große Wohnküche mit einem Spülbecken mit Wasseranschluss, daneben zwei Räume, so dass Michel das gemeinsame Schlafzimmer und die sogenannte „gute Stube" dort einrichten konnte. Die obere Etage war an einen älteren Herrn und dessen Tochter vermietet. In der Dachschräge waren nur Platz für zwei kleine Zimmer und eine Küche, ebenfalls mit Wasseranschluss.

Die Wohnsituation würde sich für die kleine Familie wesentlich verbessern. Sie hatten einen eigenen Garten, konnten sich Nutztiere halten und Magdalena konnte in der Sommerküche kochen, wodurch die Wohnküche im Sommer nicht durch den Kohleherd unnötig erwärmt wurde. Die Kinder müssten nicht mehr im Elternschlafzimmer schlafen, was auch wichtig war.

Durch die vermietete Dachwohnung konnten sie zusätzliche Einnahmen erzielen. Michel war selbst nicht so sehr von der Wirtschaftskrise betroffen, arbeitete er doch in der französischen Kohlegrube und erhielt seinen guten Verdienst als Sprengmeister (Schießmann wie die Familie sagte) in Französischen Franken ausgezahlt. Vom Arbeitgeber, den damaligen Inhabern der Kohlengruben Baron de Gargan und Herrn de Wendel, erhielt er ein günstiges Arbeitgeberdarlehen zum Kauf des Hauses. Er musste keinen weiteren Kredit bei einer Bank im Saargebiet aufnehmen. So konnte er der Wirtschaftskrise ein kleines Schnippchen schlagen.

Er investierte in das Haus, welches seiner kleinen Familie Heimstatt und Sicherheit geben sollte. Die Raten des Arbeitgeberdarlehens wurden von seinem Lohn in französischen Franc abgezogen. So stand die Finanzierung für ihn auf sicheren Füßen, war – wie er glaubte – von der Wirtschaftskrise unabhängig.

Wie damals üblich, zahlte Michel die Versteigerungssumme in bar und das Anwesen wurde sofort notariell auf ihn umgeschrieben. Lange Wartezeiten bis zur Grundbucheintragung gab es nicht.

So war es, dass sie im Sommer des Jahres 1921 in das neu erworbene Haus einziehen konnten. Michel überraschte Magdalena, denn er hat gleich für seine Frau einen sensationell neuen und teuren Elektroherd mit Backmöglichkeit, gekauft. Magdalena sollte so bequem wie die vornehmen Damen kochen und backen können. Seine Frau sollte nicht am Kohlenherd in der Küche schwitzen. Sie sollte, auch ohne Feuer machen zu müssen, etwas kochen können. Stolz präsentierte er diese Neuerungen und wusste sich, in der übrigen Familie hier Vorreiter zu sein.

Am 30. November endlich war es so weit. Anna wurde geboren. Sie waren glücklich. Magdalena hatte schon zwei Fehlgeburten und alle waren nun so froh, dass diese Schwangerschaft gut verlief. Nun war die Familie komplett.

(Großeltern Haus um 1930, nach Umbau)

Durch die Erfahrungen des 1. Weltkrieges, Oma nannte diese Zeit später immer die „Erste schlimme Zeit", wollten sie in ihrer Ernährung autark sein. Sie kannten Menschen, die in der Nachkriegszeit verhungerten oder an Mangelernährung erkrankten und starben. Oft hat Großmutter erzählt, dass es damals nur wenige Geschäfte gab, wo es etwas zu kaufen gab. Kaum eine Metzgerei verkaufte Schmalz oder Speck. Und wenn der Metzger dies verkaufte, verlangte er horrende Summen. Der Schwarzmarkt blühte. Wer aus der Vorkriegszeit noch Goldmark hatte, konnte wenigstens „unter dem Ladentisch" noch Fett, Fleisch und Schmalz kaufen. Diese Not kannten beide noch zu gut. Dagegen gab es nur ein Mittel, einen Teil der Ernährung selbst sicherstellen.

Später, als sich die Gelegenheit ergab, kauften sie ein an ihren Garten angrenzendes Wiesengrundstück im Mühlental. Dort wurden Obstbäume angepflanzt, Heu für die Ziege und Einstreu für den Schweinestall geerntet.

Am unteren Berghang legte Michel einen Hühnerpferch an, so waren die Hühner gut untergebracht und durch die Obstbäume vor dem Habicht geschützt. Auch am Berghang hat er Obstbäume gepflanzt und einen Gartenstreifen zum Anbau von Kartoffeln und Gemüse angelegt. Jeden Herbst sollte der Inhalt der Klärgrube, die am Ende des Berghanges war, zur Düngung des Gemüsegartens geleert werden.

In der Pflanzsaison wurde vom nahegelegenen Mühlenbach das Wasser geschöpft. Im Gartenzaun errichtete Michel extra deswegen ein Gartentor. Das Abwasser der Küche wurde durch eine eigene Leitung in den Garten geleitet, so konnte auch dies genutzt werden. Eine Kanalisation war in der Warndtstraße damals nicht vorhanden. Einzig eine Wasserleitung und eine Stromleitung gab es. Und diese endeten am Haus von Maria. Überhaupt glich die Warndtstraße zu dieser Zeit eher einem Feldweg als einer Straße. Es gab nur in der Mitte eine mehr als notdürftige Pflasterung aus Kopfsteinen und diese endete zwei Häuser oberhalb von Michels Haus.

Anfang des Jahres 1923 wurde Anna, ihr jüngstes Kind, sehr krank. Sie weinte und hatte ein rotes, fiebriges Köpfchen. Der Hausarzt Dr. Bohnengel, zu dem man die kleine Anna brachte, diagnostizierte Erkältung. Er meinte, es ginge vorüber. Doch es wurde nicht besser, Anna weinte und schrie und konnte nicht schlafen. Das gefiel dem Vater nicht und so nahm Michel sich einen freien Tag und fuhr in der Straßenbahn mit seiner weinenden Anna auf dem Arm zum damaligen Hüttenkrankenhaus nach Völklingen. Das befand sich neben der Kirche St. Eligius, zwischen Bismarckstraße und Rathausstraße.

Dr. Nieder hatte als HNO-Arzt Belegbetten in der kleinen Klinik und sah sich die Kranke an. Er erkannte sofort den Ernst der Lage und eröffnete dem besorgten Vater, die Kleine müsse dringend operiert werden. Er oder die Mutter sollten am nächsten Tag wieder vorbeikommen. Michel ließ bangen Herzens seine Jüngste in der Obhut des Arztes. Allein, ohne sein Kind, fuhr er mit der Straßenbahn zurück nachhause. Als er ohne Anna zuhause ankam, waren sie alle sehr besorgt. Bestimmt hat Magdalena den Rosenkranz genommen und für ihre Kleine gebetet. Die Nacht war unruhig und sie waren voller Sorge, ob ihre Kleine alles überstehen werde.

Am nächsten Morgen fuhr Magdalena mit diesen drückenden Gedanken nach Völklingen. Sie hatten keine Informationen. Telefonieren konnten sie nicht. Es gab damals nur in zwei oder drei Häusern im Ort ein Telefon. So wussten sie nichts über den Verlauf der Operation. Sie wussten nicht ob die Operation gut verlaufen ist. Oder gab es Komplikationen, lebte sie noch?

Diese trüben Gedanken bewegten die junge Mutter auf dem Weg in die Klinik. Als Magdalena im Krankenhaus ihr Kind in die Arme nehmen konnte, fällt ihr ein Stein vom Herzen. Anna hat einen großen Verband um den Kopf, aber lacht ihre Mutter an und reckt die Händchen zu ihr hin. Magdalena ist erleichtert zu sehen, wie Anna auf sie reagiert und auch gar nicht mehr vor Schmerzen schreit. Im Gegenteil, ihre Kleine lacht sie und den Arzt an. Magdalena fällt ein Stein vom Herzen.

Beim Arztgespräch teilte ihr Dr. Nieder mit, dass er das Gehör habe eröffnen müssen, der Eiter habe schon einen Teil des Knochens irreparabel beschädigt, das Gehör sei verloren. Hätte er eine Stunde später operiert, wäre das Kind gestorben, so schlimm habe es ausgesehen. So trübte sich die Freude über die gelungene Operation durch die Tatsache, dass ihre Tochter nun für den Rest ihres Lebens taub sein würde. Denn, das andere, das gesunde Ohr war bereits taub. Durch einen Sturz aus dem Kinderwagen hatte Anna im Alter von sechs Monaten einen Schädelbruch erlitten. Sie konnte auf einem Ohr nicht mehr hören. Nun würde sie auch auf dem anderen Ohr nicht mehr hören können. Ein Tiefschlag war dies für sie.

Wie sich unsere Oma gefühlt haben muss, als sie diese Nachricht hörte? Dies zu einer Zeit, in der Behinderte Krüppel waren, die man vor anderen versteckte? Zu einer Zeit, als man sich für solche Behinderungen schämte? Was muss unsere Großmutter gefühlt haben? Was dachte sie, wie die Zukunft ihrer Tochter aussehen würde, wie würde sie in der Gesellschaft angesehen sein? Wie würde sie Lesen lernen, wie sollte sie in die Schule gehen? Ich mag mir nicht vorstellen, was in ihr vorging, als sie mit der kleinen, nun tauben Anna, die sie in der Straßenbahn im Arm hielt, nachhause fuhr. Hatte sie noch ein Auge für ihre Nachbarn gehabt und konnte diese grüßen? Sah sie noch die Sonne am Himmel, oder waren für die junge Mutter nur dunkle Wolken dort, nach dieser Nachricht? Wie mischte sich die Freude über die gelungene Operation, über das Glück, dass ihre Tochter überlebt hat, mit der Nachricht, sie würde nun taub sein?

Michel und Magdalena waren fleißige Leute. Neben dem an das Haus angrenzenden Garten hatten sie drei Felder zu bewirtschaften und zählten somit zu den Nebenerwerbsbauern. Sie hatten am Ende der Warndtstraße, der sogenannten „Reddelhohl" Richtung Dorf im Warndt, ein Feld wo sie Gemüse anbauten, eine Streuobstwiese war im „Apfeltal", und das dritte Feld befand sich im „Neuen Land" neben der Karlsbrunner Straße.

Im Hof des Hauses, an Haus und Nachbargrundstück angrenzend, erbaute Michel sich einen geräumigen Schuppen. Den Schuppen unterteilte er. Im am Haus angrenzenden kleineren Teil hatte er seine Arbeitswerkzeuge untergebracht, inklusive Schleifstein. Für diesen hatte er sich vom Keller eine Wasserleitung in den Schuppen gelegt. So konnte er am Schleifstein seine Werkzeuge schleifen und sich auch mal die Hände waschen. Im anderen Teil des Schuppens wurde die Deputatkohle gelagert und auch ein Teil vom Heu und Stroh.

Im Keller seines Hauses hatte er sich einen Räucherofen eingebaut, um Schinken und Wurst zu räuchern. Jedes Jahr wurde ein Schwein geschlachtet und alles wurde verwertet. Nur bei der Schlachtung sollte Michel nie anwesend sein. Er war sehr tierlieb und konnte keinem Tier etwas antun, oder auch nur zusehen, wie es geschlachtet wird.

In seinem Elternhaus gab es immer Hunde und Katzen, auch Kaninchen. So hatte Michel auch hier immer eine Katze. Großmutter mochte keine Hunde, so verzichtete er ihr zuliebe auf die Anschaffung eines Hundes.

Jedes Jahr, kurz nach der Schlachtung, ging Magdalena zu Fuß mit einigen anderen Frauen nach Frankreich, um auf dem Markt in Saint Avold ein kleines Ferkel zu kaufen. Die anderen Frauen hatten auch Ziehwägelchen dabei und kauften Hühner, Hasen oder kleine Ziegen. Diese hat jede dann auf ihrem Ziehwägelchen mit den anderen gekauften Dingen festgebunden und so nachhause gebracht. Alles zu Fuß. Wenn man Glück hatte, fuhr ein Pferdefuhrwerk vorbei und man konnte ein Stück des Weges mitgenommen werden.

Es folgte für die kleine Familie eine gute Zeit. Großmutter konnte gut haushalten, gut und sparsam mit dem Geld umgehen. Das, was sie zum Leben benötigten, ernteten sie auf dem Feld und im Garten. Ein Teil der Feldfrüchte wurde verkauft, der andere Teil wurde für den Winter eingekocht. Wenn Schinken oder Wurst in der Räucherkammer waren, hat Großvater jeden Tag danach geschaut. Wenn er von der Arbeit nachhause kam, ging er als erstes an die Räucherkammer, schaute, ob er Holz nachlegen müsse. Er verstand viel vom Räuchern. Die neu gepflanzten Obstbäume am Haus trugen inzwischen Früchte, so lohnte sich auch diese Investition.

Michel zahlte sein Darlehen so schnell ab, wie es nur möglich war. Er traute der Finanzwirtschaft nicht, hörte von den Unruhen, die zwischen Kommunisten und Nationalsozialisten im Reich stattfanden. Die Wirtschaftskrise nach dem 1. Weltkrieg hatte er noch zu gut in Erinnerung. Viele Menschen verloren damals wegen Schulden, die sie nicht mehr zahlen konnten, ihr letztes Hab und Gut. Das sollte ihm nicht passieren. In diesem Bewusstsein hatte er sein Arbeitgeberdarlehn vorzeitig zurückgezahlt und konnte im Jahr 1929 den Mietern kündigen. Er baute das Dachgeschoß zu normal hohen Räumen aus. Das Haus sollte für seine Familie sein, für sie wollte er sorgen.

In diesem Jahr wurde seine gehörlose Tochter Anna in Trier in die, wie es damals hieß „Taubstummenanstalt" eingeschult. Sie sollte bereits ein Jahr vorher eingeschult werden, doch Großmutter weigerte sich ihre Tochter herzugeben. Sie hatte Angst um Anna, wollte sie beschützen. Ihre kleine, taube Anna, allein bei Fremden. Nein, Großmutter weigerte sich dem zuzustimmen. Erst als Großvater nicht mehr weiter argumentieren konnte, wurde mit dem Schulamt gedroht. Es bestehe Schulpflicht. Auch Behinderte müssten in die Schule. Doch Großmutter schnürte es ihr Herz ab. Nur widerwillig stimmte sie schließlich zu. Einziger Trost war die Gewissheit, ihre Tochter wird die älteste Schülerin der Schulklasse sein, da sie ja ein Jahr zu spät eingeschult wurde. Und daher wird sie den anderen etwas voraus sein.

Im April 1929 fuhren die Großeltern gemeinsam mit Anna im Zug nach Trier. Ein weiteres gehörloses Kind war im gleichen Zugabteil. Anna freute sich, denn sie kannte dieses Kind aus Geislautern. Es war gleichaltrig, ging schon ein Jahr in Trier in die Schule. Aber das Kind weinte umso mehr, je näher der Zug Trier kam. Anna fand die Zugfahrt interessant, es ruckelte so schön und sie konnte so viel Neues sehen. Sie freute sich, etwas mit ihren Eltern zu unternehmen. Doch ihre Eltern waren irgendwie bedrückt. Es fiel Anna nicht auf, denn sie sah aus dem Zugfenster, wie die Landschaft vorüberflog.

Die Großeltern gingen in Trier mit Anna zum Helenenhaus, wo Nonnen eine Unterkunft für die Schüler und Schülerinnen der Taubstummenanstalt, unterhielten. Anna wurde den Nonnen übergeben. Die Großeltern hatten großes Vertrauen zu den Nonnen, die sich liebevoll der Kleinen annahmen. Gegen 18,00 Uhr bekamen die Kinder im Helenenhaus ihr Abendessen. Die Großeltern und auch andere Eltern, die an diesem Tag ihre gehörlosen Kinder abgegeben haben, wurden von den Nonnen verabschiedet. Dabei wurde den anwesenden Eltern empfohlen, die Kinder nicht mehr zu sehen. Sie sollten sich nicht von den Kindern verabschieden. Sonst würden die Kinder weinen und da sie nicht sprechen konnten, könnten sie nicht verstehen was los sei. So wurden die Großeltern, wie auch alle anderen Eltern, nachhause geschickt.

Die kleine Anna, meine Mutter, hatte mir später erzählt, sie und die anderen Kinder hätten in ihren Bettchen an diesem Abend und den anderen Abenden sehr viel geweint. Sie habe geglaubt, ihre Eltern hätten sie verlassen. Sie hatte geglaubt, sie sei verstoßen worden, weil sie nicht so ist, wie die anderen.

Was muss das für sie ein Schmerz gewesen sein?

Ein Trauma, welches meine Mutter nie überwunden hatte. Immer wieder, bis zu ihrem Tod mit 94 Jahren, sprach sie über diesen Tag und die Zeit in Trier bei den Nonnen im Kloster.

Ob die Großeltern sich bewusst waren, was dies in der kleinen Seele ihrer Tochter anrichten würde? Aber, damals hat man sich nicht dagegen aufgelehnt, wenn Autoritäten wie die frommen Nonnen, sowas geraten haben. Man glaubte ihnen. Und die Nonnen, sie hatten keine Pädagogik studiert, waren nicht ausgebildet mit kleinen Kindern oder gar Gehörlosen, behinderten Kindern umzugehen. Sicher waren manche Nonnen fehl am Platz, wurden zu diesen Tätigkeiten eingeteilt, obwohl sie nicht dazu geeignet waren.

Anna war nun allein in Trier, allein mit neun Klassenkameraden ihres Schuljahrganges und lernte erstmals die Lautsprache. Nach einem halben Jahr kamen die großen Ferien und Anna wurde von den Großeltern besucht. Wie freute sie sich, ihre Eltern wiederzusehen. Sie konnte ja noch nicht lesen, also auch keine Briefe ihrer Eltern empfangen. So war die einzige Möglichkeit der persönliche Kontakt. Und nun standen ihre Eltern vor ihr. Welch ein Glück, ihr Herz klopfte und wollte zerspringen! Und das Beste, ihre Eltern holten sie ab und sie fuhren zusammen im Zug nachhause.

Das war diesmal eine andere Zugfahrt. Eine Zugfahrt nachhause, mit den Eltern. Sie sah, die anderen Schulklassen fuhren auch mit dem Zug nachhause. Bei den größeren Kindern waren keine Eltern dabei, sie wurden nur von ihren Lehrern begleitet. Diese achteten darauf, dass sie an den jeweiligen Bahnhöfen richtig ausstiegen und dort von den Eltern oder anderen Personen abgeholt wurden.

Als Anna an diesem aufregenden Tag wieder nachhause kam, staunte sie nicht schlecht. Sie musste sich nun nicht mehr ein Zimmer mit ihrem Bruder teilen, sie hatte nun ein eigenes Zimmer im oberen Stock. Der Bruder hatte nebenan sein Zimmer. Die Großeltern, die Eltern Magdalenas, Johann und Margarethe Schuler, sollten, als sie pflegebedürftig werden sollten, das dritte Zimmer bewohnen. Die Mieter wohnten nicht mehr im Haus. Das obere Stockwerk war in der Zeit von Annas Abwesenheit umgebaut worden. Die Zimmer im ehemaligen Dachgeschoss hatten nun gerade Wände, das Haus war aufgestockt. Anna freute sich und hätte am liebsten geglaubt, der Vater habe alles nur für sie gemacht.

So verliefen die ersten Ferien für Anna sehr angenehm. Doch sie musste wieder zurück nach Trier. Allzu schwer fiel ihr dies nicht. Da war ja zunächst die interessante Fahrt mit dem Zug. Was es da alles zu sehen gab! Und dann das Wiedersehen mit den inzwischen zu Freunden gewordenen Schulkameraden. Die Klasse war klein. Nur neun Schüler, drei Mädchen und sechs Knaben. Alfons, ein Schulkamerad aus Trier, war sogar von Großrosseln. Er war aus der Karlsbrunnerstraße und so war die Heimat für Anna immer sehr nah.

Der „Rossler Konsum"

Die Großeltern, also Magdalenas Eltern, bewirtschafteten bis zur Erkrankung des Großvaters den „Rossler Konsum" in der Emmersweiler Straße, ungefähr dort wo heute die Rosseltalhalle steht. Das war eine frühe Form der Lebensmittelgeschäfte. Genauer gesagt war es eine Einkaufsgenossenschaft. Im Konsum konnte man Fleisch, Wurst, Käse, Konserven und offene Lebensmittel wie Mehl, Zucker usw. einkaufen. Opa Schuler hatte nach seiner Zeit in der Kohlengrube über die Genossenschaft das Lebensmittelgeschäft eröffnet. Sein Haus in der Karlsbrunnerstraße bewohnte einer seiner Söhne, er wohnte mit seiner Frau und der unverheirateten Tochter Anna, in der Wohnung über dem Laden. Magdalenas Schwester Anna, die auch Patin von Magdalenas Tochter war, die nach ihrer Patin daher Anna benannt wurde, war gehbehindert. So fand sie damals keinen Mann. Zumindest sagte man das immer in der Familie. Vielleicht war Tante Anna auch nur sehr wählerisch, zu wählerisch und blieb daher ohne Mann. Sie führte mit ihren Eltern den Konsum, hatte Freude an der Tätigkeit im Geschäft und am Kontakt mit Kunden.

Nach den guten Erfahrungen mit dem Rossler Konsum, wollte auch Großvater Michel einen eigenen Laden. So eröffnete er zusammen mit Großmutter einen eigenen „Rossler Konsum" in der Karlsbrunner Straße in Michels Elternhaus.

Großmutter gefiel diese Arbeit im eigenen Konsum nicht, sie wollte ihre Familie nicht vernachlässigen. Sie sah, ihr Vater wurde hinfälliger. Magdalena konnte den Haushalt in der Warndtstraße nicht allein bewältigen. Die Arbeit, die doppelte Belastung, wurden zu viel für sie. Wenn Albert aus der Schule kam, musste er in die Karlsbrunnerstraße ins Geschäft kommen und dort mithelfen. Anstelle Mittagessen und Hausaufgaben hatte er der Mutter zu helfen. Das wollte Magdalena nicht auf Dauer. So gaben sie nach kurzer Zeit ihren Konsum in die Hände von Großvaters Schwester Gundel. Diese hatte kein Einkommen, ihr geschiedener Mann zahlte wenig an Unterhalt. Mit dem Geschäft konnte die Familie Gundel und ihre Tochter absichern. So endete die kurze Episode der Großeltern in einer guten Lösung für Schwester und Schwägerin.

Nach dem Krieg übernahm Julius, Michels und Gundels jüngster Bruder den Konsum, der ihn seinerseits später an seinen Sohn Berthold übergab. So wurde aus dem „Rossler Konsum" später das EDEKA von Berthold Oberhauser, das bis in die 90er Jahre des vorigen Jahrhunderts im Ort eine Institution war. Es stand noch immer am gleichen Ort in der Karlsbrunnerstraße, wo es auch einst gegründet wurde. Nur hatten Julius und Berthold in den Jahren einige bauliche Veränderungen vorgenommen.

Magdalena hatte nie Spaß an der Führung eines Lebensmittelgeschäfts. Es war eine zusätzliche Einnahmequelle, doch ihr kam die Familie zu kurz. Welchen Sinn sollen Einnahmen haben, wenn die Familie dabei zu kurz kommt. Das akzeptierte Magdalena nicht. Dann kam die Zeit, da ihre Eltern kränklich wurden und Tante Anna allein den Konsum in der Emmersweilerstraße führen musste. Zuhause warteten ihre Eltern auf sie, denn der Vater war inzwischen ein Pflegefall. Sie konnte von ihrer Mutter kaum entlastet werden, da diese selbst hinfällig wurde.

So beschloss die Familie, den Rossler Konsum in der Emmersweilerstraße aufzugeben und die Eltern zu sich zu nehmen. So zogen dann Magdalenas Eltern zu Magdalena in die Warndtstraße. Magdalena übernahm zur Hausarbeit die Pflege des Vaters.

Nach dem Tod von Magdalenas Vater, er starb Mai 1925 im Haus in der Warndtstraße an „Herzwasser", wie man damals den durch Herzschwäche verursachten Lungenstau nannte, wurde auch die Mutter zum Pflegefall. Tante Anna, Großmutters Schwester, sollte die Arbeit im Rossler Konsum zu viel werden. Sie hatte nur ab und an Unterstützung durch Margarete, die älteste der Schuler-Schwestern. Aber die meiste Zeit war Tante Anna allein im Konsum. Das war alles zu viel, die Arbeit wuchs ihr über den Kopf. Sie war ja selbst gehbehindert und musste schweren Herzens das Geschäft aufgeben. Das war sicher nicht leicht. So nahm sie das Angebot an, zu dem Großeltern ins Haus zu ziehen und dort die kranke Mutter zu pflegen. Ein eigenes Einkommen hatte ab dieser Zeit Tante Anna nicht mehr. Sie verzichtete auf die eigene Absicherung zu Gunsten der Familie.

Von der selbständigen Geschäftsfrau wurde sie zur Empfängerin von Sozialhilfe. Warum hatte sie sich nicht eine Hilfe eingestellt, eine Mitarbeiterin gewonnen? Dass sie nicht allein ein solches Geschäft führen konnte, war nur zu verständlich. Was ist in ihr vorgegangen? Nie haben wir sie darüber befragt. Ich kann mich nicht erinnern. Es war für uns – oder zumindest für mich – immer selbstverständlich, dass Tante Anna für uns da war. Doch – es ist nicht selbstverständlich wenn jemand sein eigenes Leben für eine andere Familie, und sei es auch die der Schwester, aufgibt. Von nun an war sie in unserer Familie die unverheiratete Angehörige, Tante Anna.

Zumindest hatte sie, wenn auch selten, erzählt, der Rechner der in der Konsumgenossenschaft die Bücher führte, habe nicht korrekt gearbeitet. Damit meinte sie den Kassierer der Konsum-Genossenschaft, der für diese die Bücher führte. Ob sie ihm Unterschlagung oder anderes unterstellte, kann ich heute nicht mehr sagen. Es soll zu Differenzen gekommen sein. Ob es so war? Gundels Konsum unterstand der gleichen Genossenschaft, dem gleichen Rechner oder Kassenleiter, wie man es damals nannte. Dort gab es diese Differenzen wohl nicht. Oder war es einfach so, dass es dem Kassenleiter einer alleinstehenden Frau gegenüber leichter fiel, sie hinauszudrängen. Um später das Geschäft einem anderen Genossenschaftsmitglied zur Übernahme anzubieten? Wir wissen es nicht, es ist zu lange her. Was damals genau geschah ist Spekulation. Aber im Grunde ist es das Scheitern einer alleinstehenden Frau als Geschäftsfrau.

So gab es in der Warndtstraße wieder eine Bewohnerin mehr, Tante Anna wohnte nun auch im Haus, schlief mit ihrer Mutter in einem Raum. Sie half ihrer Schwester Magdalena beim Haushalt und ab und an auf dem Feld. Aber vor allem pflegte sie ihrer beider Mutter. Im Jahr 1935 lebten folgende

Personen im Haus: Magdalena und Michel Oberhauser mit ihren Kindern Albert und Anna, die Schwester und Schwägerin Anna Schuler (Tante Anna) und die (Ur-)Großmutter Margarethe Schuler.

Der Traum vom Automobil

Wirtschaftlich ging es der kleinen Familie immer besser. Das Arbeitgeberdarlehen war getilgt. Michel wollte sich daher ein Auto kaufen. Ein gutsituierter Großrossler Geschäftsmann, Herr Bohnenberger(?) wollte sein Automobil verkaufen, da er sich ein größeres Modell kaufen wollte. Großvater war sehr daran interessiert und meldete sich schon bei der Fahrschule an. Doch Großmutter war dagegen. Sie wollte nicht Autofahren, sie lehnte das ab. Es sei zu gefährlich. Der wahre Grund war wohl, dass es ihr einmal bei einer Autofahrt schlecht wurde und sie sich übergeben musste. So verbot sie ihrem Mann den Kauf des gebrauchten Automobils.

Schützenhilfe bekam sie durch Tante Anna und ihre Mutter. Michel hatte damit zuhause einen schweren Stand. Alle Frauen im Haus waren vereint gegen den Kauf eines Automobils. Einzig Sohn Albert wollte auch ein Automobil und hielt zu Michel. Aber was half das? Er muss sehr traurig gewesen sein. Michel wäre der erste in seiner Straße gewesen, der ein Automobil besessen hätte - - - einer der wenigen Großrossler mit eigenem Auto. Es soll ein sogenannter „Sportwagen" gewesen sein. So bezeichnete man damals die heutigen „Coupes". Großvater muss ein moderner, großzügig denkender Mann gewesen sein. Wie wird es in seinem Inneren, nach diesen Diskussionen ausgesehen haben? Er hätte ein Automobil fahren können. Hatte den geplanten Kauf wohl auch schon Freunden und Kameraden verkündet. Und dann – dann fuhr er weiter mit seinem Fahrrad zur Arbeitsstelle in das Bergwerk nach Kleinrosseln. Welch eine Blamage!

Auch den Kauf eines Motorrades, den ihr Sohn Albert plante, verbot Großmutter. Sie wollte nicht zustimmen, dass ihr Sohn ein solches Gefährt hat. Das sei zu gefährlich. Albert musste, wie sein Vater, weiter mit dem Fahrrad fahren.

Alberts Hochzeit

Im Jahr 1938 heiratete Sohn Albert Gertrud Guldner aus Überherrn.

Diese Hochzeit wurde zum Gespräch im Ort. Denn, die Braut war nicht aus dem gleichen Ort! Es gab einige junge Mädchen im Ort, denen der fesche junge Oberhauser gefallen hätte. Doch, dann suchte der sich eine Braut nicht aus dem Ort aus. Das gefiel manchen nicht. Doch in der Familie wurde Gertrud herzlich aufgenommen und im Ort sprach man bei nächster Gelegenheit über andere Dinge.

Gertrud brachte neben einem kleinen schwarzen Kätzchen auch einen Bienenstock mit in die Ehe. Gertrud konnte imkern und lehrte Albert die Imkerei. Der baute daraufhin in der Obstwiese das „Bienenhaus". Wie in einer Bergmannsfamilie üblich, wurde das kein Holzhaus, sondern fest aus Stein gebaut und war innen so geräumig, dass man darin aufrecht stehen konnte. Neben den Bienenstöcken befanden sich darin weiteres Gerät wie die Honigschleuder. Heute steht an der Stelle ein kleines Holzhaus.

Und dann kaufte Albert sich doch ein Motorrad. Als er noch keine eigene Familie hatte, hatte ihm seine Mutter verboten ein Motorrad zu fahren. Nun hatte er eine eigene Familie hatte und setzte sich über die mütterlichen Bedenken hinweg. Sicher war Michel ein wenig neidisch auf seinen Sohn, er musste weiter mit dem Fahrrad fahren. Ob es zu einer Konkurrenz zwischen Vater und Sohn kam? Oder ob Albert in der Kaufentscheidung unterstützt wurde? Sie müssen oft unterschiedlicher Meinung gewesen sein, das ist in der Familie überliefert. Vielleicht war dies auch der Grund für Alberts Berufswahl. Er hatte zwar eine Ausbildung im Bergwerk begonnen, ist aber dann nach Saarbrücken in den Zolldienst gewechselt.

Die harte Arbeit „Unter-Tage" kannte Albert. Er wollte das nicht sein gesamtes Leben machen. Einmal hatte ich gehört, wie er von den „Grubenpferden" erzählte. Pferde, die man in der Grube zum Ziehen der

Loren einsetzte. Meist starben diese Pferde elendig an Durchzug, Lungenentzündung oder an Staublunge. Waren sie einmal untertage, so sahen sie nie mehr das Sonnenlicht. Wenn man sie irgendwann nach oben brachte, dann war es der Weg zum Schlachter, oder sie waren untertage schon gestorben. Aus seiner Erzählung habe ich gehört, ihm taten diese Tiere leid. Er sah ihr Leid, sah ihr Schicksal. Er wollte das nicht sehen. Es war für ihn schlimm genug, dass in den Stollen hunderte Meter tief unter der Erde Kanarienvögel waren. Der Beruf des Bergmanns war eine harte Arbeit. Die Männer wurden nicht alt, waren früh körperlich verbraucht.

1938 hatte Anna schon längst die Taubstummenanstalt Trier verlassen und in Großrosseln bei Fräulein Meyer, eine Lehre als Schneiderin in deren Meisterwerkstatt begonnen. Regelmäßig besuchte sie die Vereinstreffen der Gehörlosen in Saarbrücken. Dort trafen sich viele der ehemaligen Schüler der Trierer Gehörlosenschule. Dieser Verein wurde bereits vor dem 1. Weltkrieg von ehemaligen Schülern und einem katholischen Priester gegründet. Das Bistum hatte einen Gehörlosenseelsorger, der in Trier und auch in Saarbrücken tätig war. Die Treffen fanden im Johannishof in der Mainzerstraße in Saarbrücken statt.

Dies gestaltete sich nach dem Anschluss des Saargebiets an Deutschland immer schwieriger und gefährlicher. Magdalena hatte Angst um ihre Tochter. Als Behinderte war sie gefährdet, sie wollte ihre Tochter schützen. Doch Michel vertraute ihr und dies war Anna eine Stütze. Anna war selbstbewusst und doch auch vorsichtig. Sie ging, so oft sie konnte, zu den Treffen, die von einem katholischen Kaplan im Geheimen, zuletzt in den Räumen des Langwiedstiftes, abgehalten wurden. Allen Gehörlosen war bekannt, dass sie von der Naziregierung als Behinderte verfolgt wurden. Sie wagten sich nicht auf der Straße durch Unterhaltung in Gebärdensprache als taub zu erkennen zu geben. Jeder der Gehörlosen kannte mindestens einen, der „abgeholt" wurde und nicht wiederkam. Auch Anna hatte in Trier die Schrecken der Naziherrschaft kennengelernt. Sie wusste, gewisse Dinge darf man nicht sagen. Und daran hielt sie sich. Sie schimpfte nicht über die

Regierung oder über Hitler, sie versuchte nicht aufzufallen und so ihren Weg zu gehen. Man konnte nie wissen, wie das Gegenüber denkt.

Trotz dieser Widrigkeiten ging es der kleinen Familie gut. Wirtschaftlich hatten sie es geschafft. Magdalena musste nicht mehr jeden Pfennig umdrehen und konnte sich ein klein wenig Luxus in Form eines Pelzkragens am Wintermantel und etwas Schmuck, gönnen. Michel wünschte sich immer noch einen Personenwagen. Sein Bruder Julius hatte sich einen Kleinlastwagen, mit dem er Fahrten für das Konsum-Lebensmittelgeschäft ihrer Schwester Gundel durchführen konnte, gekauft. Mit dem waren natürlich auch private Fahrten möglich, auch wenn nur zwei Personen im Fahrerhaus Platz hatten. So zog Michel bei diesem kleinen brüderlichen Wettstreit den Kürzeren. Einige Jahre später würden sie froh sein, wenn Julius ihnen mit dem Kleinlaster helfen konnte.

Der Krieg

Es hätte alles so harmonisch sein können, doch im September 1939 begann der große Krieg und die Familie wurde, wie alle anderen Familien des Ortes, evakuiert. Sie mussten sich innerhalb eines Tages am Bahnhof versammeln und wurden mit dem Zug in die Altmark abtransportiert. An Gepäck war pro Person nur ein Koffer zu 20 kg. erlaubt. Die Tiere blieben zuhause zurück. Michel ließ die Ziege und das Schwein frei, ebenso die Hühner. Gertrud hatte eine kleine Katze. Diese Katze hat wohl den kommenden Winter und die Zeit, bis zur Rückkehr der Familie überlebt, denn sie kam nach ihrer Rückkehr aus der Evakuierung einmal zu Besuch und blieb dann in ihrer Freiheit. Sie ließ sich nicht von Gertrud locken ins Haus zu kommen. So blieb die Katze auf sich selbst gestellt und kam auch nicht mehr ans Haus. Den Bienen Gertruds machte diese Zeit am wenigsten aus. Sie konnten sich selbst versorgen. Hier gab es keine Verluste. Die Katze und die Bienen, sie waren die einzigen Tiere, die überlebten.

Viele Schweine und Ziegen wurden vom Militär am Tag der Evakuierung requiriert. Doch es waren zu viele Tiere für das Militär. In der Freiheit starben sie, denn die Ziegen mussten ja täglich gemolken werden. Die Schweine konnten vielleicht einige Zeit überleben, doch den Winter werden auch sie nicht überstanden haben.

Magdalenas Mutter wurde zusammen mit ihrer Tochter, Tante Anna war als Begleitperson notiert, im Krankenzug in die Evakuierung gebracht. Tante Anna versorgte ihre Mutter und war ihr so ein wenig Heimat in der Fremde. Dort angekommen, bekamen sie von der Partei (diese organisierte die Evakuierung) eine Unterkunft zugewiesen. Ihre Mutter sollte in einem Spital welches von Nonnen geleitet wurde, bleiben. Anna sollte beim örtlichen Bürgermeister ein Zimmer bekommen. Doch dort war sie nicht willkommen, das wurde deutlich gezeigt. Man ließ sie nicht mal ins Haus. Tante Anna war verzweifelt. Die Hauseigentümer wollten keine Einquartierung, sie wollten ihr Haus für sich allein. Sie warfen Tante Anna hinaus. So stand Tante Anna allein in der Fremde auf der Straße. Zwar hatte sie eine Unterkunft, aber war dort unerwünscht. Und gegen diese Leute konnte sie sich nicht durchsetzen, denn es handelte sich um den Bürgermeister.

Wie sollte sie eine andere Wohnung finden in einem Ort, wo sie niemand kannte. Ein Ort, in dem so viele Evakuierte plötzlich Quartier zugewiesen bekamen. Da war doch nichts mehr frei für sie.

Sie hatte mir als ich Kind war oft davon erzählt. Sie sei vor dem Haus des Bürgermeisters gestanden, habe nicht gewusst was zu tun sei. Sie war eine Fremde, und wo sollte sie nun hingehen? Eine Bäuerin aus der Nachbarschaft, die alles mitbekam, habe ihnen dann die Möglichkeit gegeben, im Zimmer ihres Sohnes zu wohnen. Der Sohn war im Krieg, somit war dessen Zimmer frei. Dort hatte sie es gut und konnte auch ihre kranke Mutter zu sich nehmen. Die Bäuerin war sehr besorgt um die kranke, alte Frau. Sie habe dort auch die Küche benutzen dürfen und sie hätten zusammen gekocht und gegessen. Diese Bäuerin sei für sie der rettende Engel gewesen, so hilfsbereit war sie. Sie habe durch diese Frau eine Familie in der Fremde gefunden.

Diese Familie hatte am Haus eine Terrasse, an der eine Bahntrasse vorbeiführte. Oft soll ihre alte Mutter auf der Terrasse des Hauses gesessen haben, warm in Wolldecken eingepackt, und auf die vorbeifahrenden Militärzüge geschaut haben. Viele Militärzüge fuhren in der Zeit über diese Trasse und viele junge Soldaten waren darin. Jedem vorbeifahrenden Zug winkte die alte Frau zu.

Es war, als winkte sie ihnen einen letzten Gruß. Wenn Soldaten sie sahen, sollen sie zurückgewinkt haben. Magdalenas Mutter hatte die Schrecken des ersten Weltkrieges erlebt und vom Hörensagen kannte sie die Erfahrungen der verletzten und verwundeten Soldaten von Verdun, Sedan und der Gasangriffe. Als kleines Kind hatte sie vom Krieg 1870/71 gehört und vielleicht auch Kriegsversehrte dieser Zeit gesehen. Die Schlacht bei

Saarbrücken auf den Spicherer Höhen ist heute noch in Erinnerung. Und sicher dachte sie dabei an ihren Enkel Albert, der einer der Soldaten war und auch an ihre anderen Enkel. Ob einer davon in einem der Züge vorbeifuhr? Der letzte Gruß einer Mutter, bevor der Soldat seinem Schicksal begegnet. Dachte sie daran, unsere Urgroßmutter?

Lange blieben sie nicht bei den freundlichen Bauersleuten, denn Michel hatte seine Schwägerin und Schwiegermutter zu sich nach Böckwitz holen können. Dort waren Michel, Magdalena und ihre Tochter Anna bei Familie Weiß, sehr freundlich aufgenommen worden. Diese Familie stellte ihnen ein weiteres Zimmer zur Verfügung. So waren meine Großeltern mit ihrer Tochter, der Schwägerin und Schwiegermutter wieder vereint. Auch einige andere Rossler Familien waren in dem kleinen Ort einquartiert worden. Nicht alle wurden freundlich aufgenommen.

Im Juli 1940 starb sie in der Altmark in Böckwitz, im Alter von 87 Jahren. Ihre Familie war bei ihr, als sie starb. Man sagte, sie sei vor lauter Heimweh gestorben.

Einige Tag zuvor noch verkündete sie morgens nach dem Frühstück ihrer Familie, dass Gertrud, die Frau ihres Enkels Albert, soeben ein Kind geboren habe, welches aber tot sei. Alle waren erstaunt ob dieser Aussage und wollten es nicht glauben, bis, ja, bis das Telegram von Albert bei ihnen ankam. Das erstgeborene Kind von Albert starb bei der Geburt. Ob sie übersinnliche Fähigkeiten hatte? Oder waren es die Traumbilder, die Sterbende bereits Tage vor dem Tod sehen? Ich weiß es nicht.

Viele Nachbarn des kleinen Rundlingdorfes Böckwitz in der Altmark kamen zur Beerdigung und trauerten mit der Familie. Sie wurde auf dem kleinen Friedhof des Ortes bestattet.

So hatte die Familie Schicksalsschläge zu ertragen und diese sollten noch größer werden.

Empfang der Sterbesakramente u. Beerdigung Juli 1940 in der Evakuierung
Margarethe Schuler

Zunächst jedoch konnte die Familie im Sommer des Jahres 1940 zurück in ihr Haus nach Großrosseln und es ging ihnen gut. Die Infrastruktur funktionierte. Es gab in der Warndtstraße Wasser und Strom, Lebensmittel konnte man wieder kaufen und was auf dem Feld war, es wurde noch schnell geerntet und eingekellert. Tochter Anna ging wieder in die Schneiderwerkstatt zu Fräulein Meyer und zu Berufsschule nach Saarbrücken. Dort gab es für Gehörlose eine eigene Klasse, die Lehrerin kam einmal in der Woche aus Trier nach Saarbrücken zum Unterricht.

Im folgenden Jahr 1941 organisierte Michel die Rücküberführung seiner Schwiegermutter nach Großrosseln, ins Grab ihres Mannes. Sie sollte im Tod wenigstens in der heimatlichen Erde sein. Das war ihm und auch der Familie ein Bedürfnis, die Angehörige nicht in der Fremde zu lassen, auch wenn man dort Freunde gefunden hat. Hier in Großrosseln wurde es eine feierliche Bestattung, an der neben der Familie viele ehemals Evakuierte, die mit ihnen aus der Altmark zurückgekehrt waren, teilnahmen.

Albert und Gertrud wohnten wieder im Haus. Sie hatten 1941 ein zweites Kind bekommen und nach der Mutter Gertrud genannt. Die Jahre 1941 und 1942 waren kleine Ruhephasen im Krieg, der zu dieser Zeit den Warndt etwas verschonte. Man ging seiner gewohnten Arbeit nach. Sie hatten wieder ein Schwein, Hühner und eine Ziege im Stall. Nur die schwarze Katze von Gertrud wollte nicht mehr zurück ins Haus. Die Schäden, die der Krieg am Haus angerichtet hatte, waren gering und in der noch guten Wirtschaftslage, gleich behoben. Erzählt wurde später immer, der Führer habe versprochen, dass alle Schäden der Evakuierung behoben würden und es besser und neuer aussehen werde als vorher. Die Menschen sollten nach der Evakuierung materiell besser dastehen als vorher.

Michel sagte dazu nichts, Magdalena sagte auch nichts dazu. Sie hörten dies, sie erzählten es sich untereinander, aber im Inneren glauben konnten sie es nicht. Aussprechen durften sie aber auch nicht, was sie in Wirklichkeit dachten. Es war wieder Krieg, und Michel hatte schon einen Krieg erlebt. Sie konnten ihn nicht verhindern und so hofften sie, ihn gut zu überstehen. Michel pflanzte noch ein paar Obstbäume in die Obstwiese und Magdalena hat mit Hilfe ihrer Schwester Anna alles Obst in Gläser eingekocht. Heu und Stroh wurde auf dem Speicher für die Tiere gelagert.

Albert mit Ehefrau Gertrud und Baby Gertrud 1941

Dann setzten auch hier die Fliegerangriffe und Bombardierungen ein. Albert wurde als Soldat wieder eingezogen und konnte der Familie nur wenig helfen. Der einzige Mann im Haus war Michel. Am D-Day, dem 06. Juni 1944, der Tag als die Alliierten in der Normandie landeten, wurde Erna, Alberts und Gertruds zweites Kind, geboren und sie mussten gleich schon in den Bunker flüchten.

Einige Bergleute hatten in der Warndtstraße, in Höhe des Hauses Genvo, einen Luftschutzstollen in den Berg gegraben, um ein wenig Schutz vor den Fliegerangriffen und Bordwaffen zu haben. Gertud hatte am Vortag Erna entbunden, war von der Geburt geschwächt, als in der Nacht die Sirenen heulten. Sie wussten, der Zeitraum zwischen Sirenengeheul und dem Eintreffen der ersten Bomber ist nur vier oder fünf Minuten. Oft schliefen sie mit ihren Kleidern und hatten griffbereit die wichtigsten Papiere in einer Tasche. Schnell musste es in der Dunkelheit in den Stollen gehen.

Beleuchtung hätte sie den Fliegern als Ziel verraten, daher waren die Fenster abgedunkelt und die Straßen unbeleuchtet. Taschenlampen oder ähnliches war auf der Straße nicht erlaubt. Bei dieser überstützten Aktion fiel Gertrud mit dem Baby in der Dunkelheit auf der Straße und das Baby kullerte die abschüssige Straße hinunter. Da Erna bei dem Sturz nicht aufwachte und somit nicht heulte, hörten sie nicht wo das Baby lag und Gertud und die anderen suchten verzweifelt bei tiefster Finsternis und in der Angst vor den heranfliegenden Bombern, die Kleine. Zum Glück konnten sie es bald finden. Erna soll nicht davon aufgewacht sein, erzählte man sich später immer.

Michel befürchtete eine weitere Evakuierung und sprach mit Familienangehörigen im benachbarten Kleinrosseln. Diesen übergab er, als es 1944 wieder so weit war, seine Hühner, sein Schwein und die Ziege. Die Tiere sollten diesmal nicht wie 1939 sich selbst überlassen werden.

Einen Teil des Hausrates vergrub er im Keller. Dort hob er einen kleinen Schacht unter der Kellertreppe aus und deponierte Gläser, Porzellan und Küchengerät darin. Einen weiteren Teil des Hausrates vergrub er in einer Holzkiste im Garten. So dachte er, diese Dinge seien sicher. Er muss gespürt haben, dass diese zweite Evakuierung anders sein würde. Vorsorgen wollte er, vorplanen. Das, dass er tun konnte, wollte er zur Sicherstellung ihres Lebens unternehmen.

Doch, wie das Leben so spielt. Eine der wenigen Bomben, die überhaupt über Großrosseln abgeworfen wurden, verfehlte ihr Ziel. Statt ein Haus in der Warndtstraße zu treffen und landete sie im Garten im Mühlental. Dort detonierte sie. Sie muss genau die vom Großvater vergrabene Kiste mit dem Porzellan getroffen haben. Scherben des Zwiebelmusterporzellans und der Weingläser kann man heute noch finden.

Der andere Teil des Hausrates, der, den Michel unter der Kellertreppe versteckte und sogar Kohlen darüber warf, wurde geplündert. Sicher waren dies Menschen, die früh aus der Evakuierung zurückkehrten und selbst von

Kriegsschäden betroffen waren. In dieser Zeit scherte man sich nicht viel um das Plünderungsverbot. Wer konnte, versuchte es.

Auch Großvaters Haus war beschädigt. Die Haustüre und einige Zimmertüren fehlten, ebenso der Küchenherd. Man fand die Türen und den Herd unten im Mühlental. Dort hatten sich wohl Soldaten verschanzt. Der Herd war durch die Witterung unbrauchbar geworden, doch die Türen konnte Michel einigermaßen wieder herrichten. So konnte man wenigstens das Haus wieder abschließen.

Diese zweite Evakuierung erfolgte nicht so geordnet wie 1939. Sie sollten nach Breuna in die Nähe von Kassel evakuiert werden. Doch diesmal war es kein durchgehender Zugtransport nach Breuna. Sie mussten auf der Fahrt bei Kaiserslautern (nach meiner Erinnerung kann es aber auch Idar Oberstein gewesen sein) Station machen, dort in einer Halle übernachten und bekamen es mit Ungeziefer zu tun. Der Weitertransport nach Kassel und Breuna wurde durch Tiefflieger-Angriffe unterbrochen. Einmal konnte der Zug noch gerade noch mit der Lok unter eine Brücke fahren um wenigstens die Lok zu schützen. Die Menschen krochen unter die Sitzbänke in den Waggons und hofften, nicht getroffen zu werden. Der Schock saß tief und die Menschen verstanden nicht, wieso Personenzüge, die erkennbar keine militärischen Dinge transportierten, von Tieffliegern mit Bordwaffen beschossen wurden.

Der Lokführer fuhr dann weiter und ein zweiter Fliegerangriff brachte den Zug zum Stillstand. Einige Passagiere wurden verletzt. Michel und seine Familie flüchteten aus dem Zug in einen Graben und fanden dort Schutz vor den Bordwaffen. Nach diesem Angriff weigerte sich der Lokführer weiterzufahren. Was sollten die Menschen auf freier Bahnstrecke machen? Sie überlegten verzweifelt was zu tun sei. Ob sie zum nächsten Ort laufen wollten? Ich weiß es nicht, darüber haben die Großeltern nie viel geredet.

Erzählt wurde, dass sich unter den Passagieren ein Mann fand, der mit notdürftigsten Mitteln die Lok so reparieren konnte, dass eine langsame

Weiterfahrt möglich war. Diesen Mann und dem Lokführer gaben die Männer Tabak und Zigarren. Das muss damals schon die Währung gewesen sein. Hauptsache, sie kamen am Ziel an.

Breuna wurde im April 1945 von den Amerikanern eingenommen und so war für die Rosseler Evakuierten der Krieg zu Ende. Anna, die gehörlose Tochter, hatte noch im Januar 1945 von der Partei ein Schreiben erhalten, sich im Krankenhaus in Kassel einzufinden. Michel wusste, was dies bedeuten würde und setzte alle Hebel in Bewegung um eine Terminverschiebung zu erlangen. Abends hörten sie im Radio die „Feindsender". Das war strengstens verboten, wer erwischt wurde, wurde von der GeStaPo (geheime Staatspolizei) abgeholt. Aber sie taten es wie so viele andere heimlich. Magdalena stellte den Empfang auf Radio London, Tante Anna stand draußen vor die Türe, damit niemand überraschend das Zimmer betreten konnte.

Ob Michel davon wusste, ist mir nicht bekannt. Aber sie wussten, der Krieg ist bald zu ende, die Alliierten stehen am Rhein. Und Großmutter hatte Angst um ihren Sohn Albert. Von ihm hörten sie seit Weihnachten nichts mehr. Es kam keine Feldpost an. Sie wussten nur, er kämpfe in der Eifel. Durch das Hören der Feindsender hoffte Magdalena, eine Nachricht von ihm zu erhalten. Die Feindsender gaben ihren Gefangenen oft die Möglichkeit, Nachrichten an ihre Familien über den Sender zu übermitteln. Oder auch nur die Namen der Gefangenen wurden genannt. Doch Magdalena hörte nichts von ihrem Sohn.

Er war an der belgischen Grenze eingesetzt und kam nur knapp lebend davon. Auch in einem der Lager auf den Rheinwiesen, wo viele verhungerten, kam er knapp lebend davon. Seither aß er keinen Salat mehr, den dieser erinnerte ihn an das Gras, das sie in der Not gegessen haben.

Später, als die Deutschen den CampingUrlaub mit Zelten für sich entdeckten, hielt er davon nicht viel. Es erinnerte ihn zu sehr an die schlimme Zeit im Krieg. Wo er auf freiem Feld Schutz suchen musste, wo er irgendwo bei einem Bauern im Stall neben der Kuh schlafen musste. Heute nennt man sowas „Trauma". Damals hat man einfach versucht weiterzuleben.

Albert Oberhauser rechts

Zu seinem Glück suchten die Franzosen Bergarbeiter und es erfolgte ein Austausch zwischen den amerikanischen und französischen Gefangenen. Albert kam so von den Amerikanern zu den Franzosen und wurde sehr früh entlassen, da er sich als Bergmann meldete. Ungefähr zeitgleich kam er nachhause wie die übrigen Familienmitglieder.

Die Heimkehr

Als die Familie in Breuna hörte, dass das Saargebiet frei sei für die Rückübersiedlung, versuchten sie so schnell es ging sich auf den Weg zu machen. Ihre Quartiersfamilie in Breuna in der Nähe von Kassel gab ihnen noch einige Kilo Mehl, Zucker und Salz mit auf den Rückweg. Sie wollten sicherstellen, dass sie sich zuhause in der ersten Zeit ernähren konnten. Es war Sommer, die Familien drängte es in die Heimat. Sie wollten was von den Feldfrüchten zu ernten möglich war, noch ernten und vor allem ihr Haus sichern. Wie würde es im Ort aussehen? Zu Gertrud, die mit ihren zwei Kindern in einem anderen Teil Breunas evakuiert war, hatten sie Kontakt und vereinbarten, dass diese wegen der Kinder später zurückkehren sollte.

Michel, Magdalena und Tante Anna u. Tante Margarete sowie Tochter Anna, fuhren in überfüllten Zügen, teils in Viehwaggons, Richtung Heimat. Junge Leute wie Anna, mussten auf dem Dach der Zugwaggons sitzen. Die Waggons waren mit Menschen überfüllt. Die Koffer packten die Menschen aufs Dach der Züge und die jungen Leute setzten sich in Mitte der Koffer. Auch die gehörlose Anna hatte einen solchen Hochsitz. Gefährlich wurde es nur, wenn die Dampfloks durch die Tunnel fuhren. Die Lokomotiven sprühten dann Funken und Rauch. Die Menschen auf den Dächern der ersten Waggons mussten sich klein machen, das heißt ducken und ihre Haare und Atemwege schützen. Anna hatte leider auf einem der vorderen Waggons ihren Platz und musste sich sehr vor den Funken der Dampflock in Acht nehmen. Die meiste Zeit hatte sie ihre Weste über den Kopf gezogen, damit die Funken der Lok ihre Haare nicht verbrannten. Sie mussten im Frankfurter Bahnhof umsteigen.

Der Umstieg war kompliziert und sie verbrachten viel Zeit dort mit Warten und auskundschaften, welcher der Züge in Richtung Saarbrücken fuhr. Als sie endlich einen abfahrbereiten Zug fanden, waren alle Waggons besetzt. Wo sollten sie Platz finden? Sie mussten über den Rhein in Richtung Saarland. Wo konnten sie einen Platz in einem der wenigen Züge, die in diese Richtung fuhren, finden. Sollten sie noch länger warten? Ihre Tochter Anna wollte nicht aufgeben, sie wollte nachhause und ging den ganzen Zug entlang. In die überfüllten Waggons passte niemand mehr rein, aufs Dach wollte Anna nicht nochmal und außerdem sollten ihre Eltern und die Tanten ja auch mitkommen. Am Zugende sah Anna eine Möglichkeit und rief ihre Eltern. Dort sah sie Platz in einem Viehwaggon, der als Komfort noch die Stroheinstreu hatte. Doch ihre Mutter hatte Angst. Sie sah, es waren ehemals polnische Gefangene in dem Waggon und die ließen keine Deutschen rein, jagten alle die einsteigen wollten weg. Einer der ehemaligen Gefangenen stand in der Schiebetür und gestikulierte „haut ab". Die Frauen hatten Angst, doch Anna ging als Gehörlose auf diesen Mann zu, gebärdete dass sie froh sei, Hitler entkommen zu sein. Sie teilte ihm mit, auch von den Nazis verfolgt worden zu sein, genau wie sie. So gelang es Anna die Sympathie der Polen zu gewinnen. Als die Männer Anna hereinwinkten, zeigte diese auf ihre Familie, die müsse mit. Als einzige Passagiere duldeten diese ehemals polnischen Soldaten Anna und ihre Familie im Waggon. Sie waren überglücklich auf diesem Teil der Reise. Dass sie im Viehwaggon auf Stroh saßen, war ihnen egal. Sie teilten auf dem Teil der Reise mit den ehemals polnischen Gefangenen was sie zu trinken und essen hatten und auch Michel konnte sich etwas mit den Männern unterhalten. Nach einigen Umstiegen erreichten sie spät am Abend ihr Ziel, den Bahnhof in Völklingen.

Von hier ging es per Pedes weiter. Die Straßenbahnen fuhren noch nicht in den Warndt. Die Wehrdener Brücke war beschädigt und man konnte nur zu Fuß die marode Brücke passieren. Also mussten sie den Weg nach Großrosseln gehen.

Vor dem Ortseingang überlegten alle, was zu tun sei. Es war schon spät, die Dunkelheit setzte ein. Sie wussten von der Sperrstunde und sie wussten, dass im Ort französisches Militär war. Sollten sie es wagen, trotzdem durch den Ort zu gehen? Irgendwie mussten sie nachhause kommen. In irgendein Haus in der Ludweilerstraße hineingehen, wagten sie nicht. Sie wären vielleicht als Plünderer angesehen worden. Die wenigsten Häuser waren bewohnt. Anna wollte durch den Wald gehen, meinte so unentdeckt nachhause zu kommen. Den anderen war dies wegen der Minen, die überall verlegt waren, zu gefährlich. So beschloss die Familie es zu wagen durch den Ort nachhause zu gehen. Jeder andere Weg wäre lebensgefährlich gewesen.

So wurden sie von einer Streife der französischen Militärpolizei aufgegriffen und ins ehemalige Gasthaus Rupp, gebracht. Dort, in der Ortsmitte befand sich die Kommandantur. Sie wurden nun verhört. Zumindest waren sie in Großrosseln, wenn sie auch auf dem Boden schlafen mussten, wie sie vermuteten. Die Franzosen hatten das Gasthaus Rupp beschlagnahmt. Sie waren so kurz vor dem Ziel, zehn Minuten zu Fuß und sie wären zuhause. Aber, es sollte nicht sein. Doch zu ihrer Überraschung, kurz vor Mitternacht entließen die französischen Militärpolizisten die älteren Leute. Diese durften nachhause gehen. So kamen Michel, Magdalena und seine zwei Schwägerinnen Anna und Margarete nachhause.

Tochter Anna musste mit zwei oder drei anderen jungen Frauen bleiben. Ein Militärpolizist nahm Anna auf die Seite, ging mit ihr in ein Zimmer und zeigte ihr Bett. Er sah sie an und bedeutete ihr, sie dürfte anschließend auch nachhause. Anna verneinte. Er bestand nicht weiter auf seinem Wunsch, und Anna konnte unbehelligt die Nacht auf dem Fußboden verbringen. Er ging mit Anna zurück zu den anderen Frauen und bat eine davon, mit ihm zu kommen. Anna war erleichtert. Als die Frauen am nächsten Morgen entlassen wurden, bekam Anna ihren Koffer nicht zurück. Nur die Frau, die ins Zimmer mit dem Bett gegangen war, bekam ihr Gepäck wieder.

In dieser Nacht ging die Familie die Warndtstraße hoch, und sah in ihrem Haus Licht brennen. Als sie eintreten wollten, sahen sie französische Soldaten. So erfuhren sie, ihr Haus sei zur Einquartierung französischer Soldaten beschlagnahmt. Sie hatten kein Dach über dem Kopf, sie hatten kein Haus. Zum Glück war die Familie Hares, die gegenüber wohnt, auch schon aus der Evakuierung zurück und sie konnten dort die Nacht bleiben. Michel ging am nächsten Morgen zur französischen Verwaltung. Da erfuhr er, der Hauseigentümer sei Mitglied der NSDAP und der SA. Daher sei das Haus beschlagnahmt.

Michel konnte dies entkräften. Er war weder Mitglied der Partei noch gar der SA. Es war hier eine Verwechselung mit einem anderen gleichen Familienamens und so bekam Michel sein Haus zurück. In dem Haus angekommen, erwartete sie eine weitere Überraschung.

Durch die Bordkanonen der Flieger war das Dach ihres Hauses durch Einschüsse beschädigt, ein Teil der Ziegel fehlte. Wie konnte man Abhilfe schaffen? Es gab 1945 so kurz nach dem Krieg nichts zu kaufen. Michel wusste, dass der Ort Dorf-im-Warndt noch gänzlich unbewohnt war. Deren Bewohner waren in einen anderen Teil Deutschlands evakuiert worden und noch nicht zurückgekehrt. So ging er mit einem Ziehwagen und in Begleitung seiner Tochter Anna durch den Wald ins Warndtdorf. Sie hatten Angst vor Mienen und mussten sehr vorsichtig sein. Dann schaute Michel nach den Dächern der Häuser. Anna stand „Schmiere" während Michel an einem der unbewohnten Häuser die Ziegel abdeckte, gerade so viel, wie er gebrauchen konnte. Damit reparierte Michel die Schäden am Dach. Wenigstens drang nun keine Feuchtigkeit mehr ins Haus.

Inzwischen war Albert zuhause angekommen, seine Kleidung war voller Läuse. Es gab im Haus Wasser, so konnte er sich baden und die Haare scheren, etwas saubere Kleidung war auch noch im Haus, denn die alte verlauste Kleidung wurde, statt sie zu kochen, von seiner Schwerster Anna, verbrannt. Sie sah darin die einzige Möglichkeit das Ungeziefer zu töten. Albert soll seiner Schwester das immer nachgetragen haben. Er habe warme Militärkleidung gehabt, die hätte man kochen und so das Ungeziefer töten können. Doch Anna ließ das Argument nicht gelten. Andere Mittel, das man wenigstens das bisschen, was man noch an Kleidern über den Krieg gerettet hatte, zu erhalten, hatte man nicht. Denn die im Haus verbliebene

Kleidung war zum größten Teil durch Plünderer oder durch Soldaten, die im Haus während der Abwesenheit seiner Bewohner Quartier nahmen, zerstört oder nicht mehr vorhanden.

Strom hatten sie auch keinen. Die Stromleitung war unten an der Abzweigung Mühlental beschädigt. Michel kannte einen Elektriker, außerdem war sein Neffe Bernhard Zimmer auch Elektriker. Beide konnten mit Starkstrom umgehen und so wurden die Beschädigungen behoben. Der positive Nebeneffekt, auch die Häuser oberhalb waren nun wieder am Stromnetz und nicht nur sein Haus war wieder angeschlossen. Als Bezahlung bekamen die Elektriker einige Packungen Zigaretten. Das war die damalige Währung, da Geld nichts mehr wert war. An Nahrung konnten sie sich die erste Zeit mit dem mitgebrachten Mehl Pfannkuchen zubereiten, einiges vom Feld konnten sie auch ernten, vor allem Obst.

Fleisch gab es nicht, es war noch keine Metzgerei geöffnet. Schlachtvieh hatte auch noch niemand im Ort. Auch hier erwies sich Michel wieder als Organisationstalent. Er ging mit einem Cousin in den Wald und beide hoben eine Grube aus, genau dort, wo sie Wildwechsel vermuteten. Jeden Morgen ging einer von ihnen zur Grube nachsehen. An einem der nächsten Tage fanden sie ein Wildschein in ihrer Grube. Sie teilten sich dieses Schwein und konnten sich und die Familien eine gute Zeit davon ernähren.

Allmählich kehrte eine gewisse Routine ein. Julius hatte seinen Kleinlaster repariert. Einige Wege waren durch Bombengrater beschädigt, da wusste man, welche Umwege zu fahren waren. Julius soll dann vielen Rosslern bei der Rückkehr geholfen haben, indem er sie am Bahnhof abholte und auch andere Transporte möglich machte.

Magdalena soll später immer gesagt haben, die Zeit des 1. Weltkrieges sei eine viel schlimmere Zeit gewesen, als die Zeit des 2. Weltkrieges. Obwohl im 2 WK mehr Schäden angerichtet wurden, hatten sie immer etwas zu essen. Das sei in der Nachkriegszeit des 1 WK nicht der Fall gewesen. Damals seien Menschen verhungert. Vielleicht hatte unsere Familie aber auch Glück. Denn sie wurden nicht in Städte evakuiert, sondern immer irgendwo bei Bauern aufs Land und konnten so den 2 WK besser überstehen. Ob ich mich täusche, ich kann es nicht beurteilen. Es hat auch nach dem 2 WK Hungertote gegeben. Doch nicht in unserer Familie.

Im Jahr 1946 ging es der Familie besser. Sie gingen nach Kleinrosseln „schmuggeln", oder auf Hamsterfahrt in die Eifel. Auch Tochter Anna ging auf Hamsterfahrt.

Im Gehörlosenverein lernte Anna den ebenfalls gehörlosen Walter Siegwart kennen. Er wohnte mit seinen Eltern in Quierschied, wo der Vater als Rektor in der Schule eingesetzt war. Mitten im Krieg erlitt der Vater einen Schlaganfall und war dadurch halbseitig gelähmt. Nach dem Krieg stand die Familie vor einem großen Problem. Der Vater bekam von der französischen Verwaltung keine Pension mehr, da er Mitglied der NSDAP war. Zunächst musste die Familie vom Ersparten leben, so lange noch etwas auf dem Sparbuch war und so lange die alten Reichsmark noch etwas wert waren. Sie verloren ihre Lehrerwohnung und mussten sich eine neue Bleibe suchen, eine Bleibe bei Null-Einkommen. Sohn Hans bot sich an und so lebten sie mit diesem zusammen in dessen Wohnung in Quierschied. Bis endlich durch die Behörden die sogenannte „Entnazifizierung" durchgeführt war und der gelähmte Vater wieder seine Pension bekam, war sämtliches Sparguthaben aufgebraucht. Er wurde nach über einem Jahr „Entnazifiziert", es wurde ihm bescheinigt nicht aktiv gewesen zu sein und niemand geschadet zu haben.

Doch in die gesetzliche Krankenversicherung wurde er nicht mehr aufgenommen. Er war aufgrund der langen Krankheit „ausgesteuert" und infolge Nichtwissens und mangelnder Information, war er bis zum Lebensende ohne Krankenversicherung. Die Medikamente und Arztrechnungen zahlte die Familie selbst. Beihilfe für Beamte beantragten sie nicht, da die Familie davon keine Kenntnis hatte.

Walter hatte Verwandte in der Eifel, denn seine Mutter war dort aufgewachsen. So war auch von dieser Seite immer etwas zur Ernährung beigesteuert worden. Und die Hamsterfahrten führten Walter und Anna gemeinsam zu dessen Verwandten in die Eifel. Walter Siegwart und Anna haben im September 1946 geheiratet.

Das Brautkleid war geliehen, denn 1946 herrschte an allen Gütern Mangel. Onkel Julius, Michels jüngster Bruder und nun Inhaber des Lebensmittelgeschäfts, konnte einiges aus Frankreich schmuggeln. Er hatte Kontakt zu den Zöllnern und ging in der Nacht über die Furt in der Rossel nach Kleinrosseln. Dort „besorgte" er einiges an Lebensmitteln, damit die Hochzeit ausgerichtet werden konnte. Bei dieser Gelegenheit soll er sich auch von „drüben" ein Radio geschmuggelt haben.

Die Hochzeit wurde groß gefeiert. Das Foto wurde im Mühlental aufgenommen, unter den von Michel gepflanzten Obstbäumen.

Der Anbau – das zweite Haus

Durch die Hochzeit von Anna wuchs die Bewohnerzahl des Hauses weiter an. Es wohnten damals im Haus: Michel und Magdalena, deren Schwester Anna, Tochter Anna und deren Mann Walter, Sohn Albert mit Frau Gertrud und den Kindern Gertrud, Erna und ab 1949 auch Sohn Rudolf.

Das Haus hatte sechs Zimmer und eine Wohnküche, im Keller eine sogenannte Sommerküche mit kleinem Bad und Toilette, Räucherofen sowie Platz für eine Ziege und ein Schwein.

Michel war nun 60 Jahre alt und spürte seine Silikose immer stärker. Das Zusammenleben so vieler Personen in dem Haus war stressig. Es war durch die Nachkriegszeit und allgemeine Wohnungsnot bedingt. Michel wollte, solange es ihm möglich war, für seine Familie und besonders Tochter Anna sorgen. Er wollte ihr ein eigenes Haus bauen, quasi als ihr Erbteil. Albert sollte das Familienhaus erhalten, in dem für Michel und Magdalena ein Wohnrecht eingetragen werden sollte. Da der Ankauf des Nachbarhauses oberhalb, des Hauses der Familie Wachs, nicht möglich war, blieb nur ein Anbau auf der anderen Hausseite. Dort befand sich ein fünf Meter breites Gartenstück.

Hier entstand ein anderes Problem. Der Nachbar unterhalb musste der Grenzbebauung zustimmen. Herr Reichert war kein umgänglicher Zeitgenosse. Hier bedurfte es einiger Verhandlungen und privater Hilfsleistungen. So half ihm Michel bei Arbeiten an dessen Wohnhaus und vertraute auf dessen Versprechen, ihm als Gegenleistung drei Meter des Grundstückes, wenn nicht zu schenken, dann zu verkaufen. Doch der schenkte nichts und verkaufte Michel auch nicht die gewünschten drei Meter der Wiese. Michel hätte nicht bauen können. Sie gerieten in Streit und Michel erreichte dann doch einen Kompromiss. Herr Reichert stimmte einer Grenzbebauung zu.

Diese Genehmigung des Nachbarn Fritz Reichert zur Grenzbebauung erlaubte es endlich, ein kleines schmales Haus neben das eigene zu errichten. Der Eingang war im Hof, Hochkeller wie der des alten Hauses, im 1 Stock eine Wohnküche und die gute Stube, im 2 Stock Elternschlafzimmer, Kinderzimmer und Bad mit Toilette. Alles war so geplant, dass man von einer Etage einen Durchbruch zum Nachbarhaus hätte machen können, wollte man irgendwann in Zukunft beide Häuser zusammenlegen. Dieser Hausbau war für Michel die letzte große Kraftanstrengung seines Lebens. Für Albert war dies aber auch eine große Anstrengung, da er den Anbau neben seiner schweren Arbeit bei der französischen Kohlegrube bewerkstelligen musste. Wenn er von der Schicht nachhause kam, hatte er nur kurz Zeit etwas zu essen und ging sofort in den Anbau seinem Vater bei der Arbeit zu helfen.

Michel und Albert mauerten selbst und Magdalena und Anna gossen selbst die Backsteine, mit denen das Haus gebaut wurde. Von der französischen Grube kauften sie die Stahlträger für die Decken, der Zement wurde säckeweise auf dem Fahrrad bzw. auf dem Rücken die Warndtstraße hinauf transportiert. Das war eine Plackerei, zumal die Straße nur in der Mitte mit Kopfstein gepflastert war und zwei Steigungen hatte.

Mitten in den Bauarbeiten mussten sie eine weitere Tragödie erleiden.

Im Jahr 1951 starb Gertrud an Krebs. Zwei Jahre zuvor hatte sie Rudolf geboren, der sich nie würde an die Mutter erinnern können.

Nun stand Albert mit drei kleinen Kindern da. Das Jugendamt war streng und alle drei Kindern bekamen je einen anderen Vormund, der zusammen mit Albert das Sorgerecht hatte. Und dies mitten in den Bauarbeiten. Wie froh war man als sich Tante Anna als Hilfe anbot. Sie führte den Haushalt während dieser schweren Zeit. Doch, so genau und ehrlich Tante Anna war, sie wollte nichts mit Geld zu tun haben. So gab Albert seiner ältesten Tochter Gertrud das Haushaltsgeld. Sie verwaltete im Alter von zehn Jahren das Haushaltsgeld, rechnete die Einkäufe mit Tante Anna ab.

1952 dann heiratete Albert Maria Bach, die Schwester des Rektors der Großrosseler Volksschule. Ob dies Michel „eingefädelt" hatte, wir wissen es nicht. Michel war mit Herrn Lips befreundet, dessen Schwiegersohn der Bruder der Braut war. Mit Maria zog auch deren verwitweter, pflegebedürftiger Vater ein und es lebten nun elf Menschen im Haus.

Dazwischen, in all dem familiären Leid, bauten die beiden Männer, Michel und sein Sohn Albert, weiter am Neubau, um der gehörlosen Tochter und Schwester ein Zuhause zu geben. Auch Anna half, soweit sie das als Frau konnte, am Bau mit. Sie betonierten, schippten Sand und zogen die Eimer mit Beton den Flaschenzug hoch. Michel verlegte selbst den Dielenboden. Nur wenig Handwerkerleistungen mussten eingekauft werden. Sogar die Fensterläden zur Hofseite wurden von Michel und Albert selbst gezimmert.

In dem Jahr verließen Michel immer mehr seine Kräfte. Immer mehr Arbeit musste auf Albert übertragen werden. Der, von der schweren Arbeit im Bergwerk nachhause kam, kaum dass er gegessen hatte, am Anbau arbeiten und dem Vater zu Hand gehen musste.

Der Anbau wurde im Frühjahr 1953 bezugsfertig. Der Anbau war ein eigenständiges kleines Haus, unten eine Wohnküche und Wohnzimmer, darüber das Bad, ein kleines Kinderzimmer und das Schlafzimmer. Tochter Anna und deren Mann Walter zogen aus dem Haus aus und in den Neubau. Im Alten Haus wurden nun zwei Räume für die Kinder und Marias Vater, frei.

Im gleichen Jahr 1953, am 17. August, starb Michel an Silikose. Er soll erstickt sein. Sauerstoffflaschen für lungenkranke Patienten kannte man damals noch nicht. Ein Mittel gegen Silikose eben so wenig.

Seine Beruhigung war, seine Familie in gesicherten Verhältnissen zu wissen. Besonders wichtig war ihm die Absicherung seiner gehörlosen Tochter Anna. Und dies war ihm gelungen. So konnte er Abschied nehmen. Im Jahr darauf wurde Anna schwanger und Enkelin Irene kam zur Welt.

Haus mit Anbau ungefähr 1955
(aus den oberen Fenster Magdalena, unten Enkelin Erna)

Magdalena überlebte ihren Mann zehn Jahre. Sie erlebte die Hochzeit ihrer Enkelin Erna mit Rudolf Speicher und die Verlobung Gertruds mit Willi Kirsch. Auch Annas und Walters Tochter Irene lernte sie noch kennen und konnte sie ein Stück weit in der Kindheit begleiten.

Sie erlebte noch, wie die Straße asphaltiert und die Häuser an die Kanalisation angeschlossen wurden und Fernseher Einzug in die Haushalte hielten. Sie erlebte auch noch, wie ihr Sohn Albert 1961 einen VW-Käfer kaufte. Sie überwand sich und fuhr auch das ein oder andere mal im Auto mit, obwohl sie das nicht sehr gerne tat. Stolz auf ihren Sohn wird sie trotzdem gewesen sein.

Im April 1964 starb Magdalena. Sie wurde in Großrosseln neben Michel bestattet.

Nun wurde Tante Anna so etwas, wie ein großmütterlicher Ersatz. Zu ihr konnte man jederzeit hingehen, einen Plausch halten und sich Rat holen. Tante Anna überlebte ihre Schwester Magdalena gut 20 Jahre, bis sie als Pflegefall zu Erna nach Emmersweiler zog und dort friedlich einschlief.

Im Jahr 1970 ging Albert in den Ruhestand. Er war damals der einzige Deutsche, der als Steiger in einem französischen Bergwerk arbeitete. Er bekam sogar eine Auszeichnung der französischen Bergbaubehörde für besonderen Einsatz während eines Grubenunglücks. Ein Beruf, den er eher zufällig ergriff, da er so die Gelegenheit hatte, früher aus der Kriegsgefangenschaft entlassen zu werden. Seinen Ruhestand verlebte er in Wadrill, im Elternhaus seiner Frau Maria, bis beide pflegebedürftig nach Sotzweiler zum Sohn Rudolf umzogen. Dort verstarben sie und wurden in Großrosseln beerdigt.

Nun kam eine nächste Generation ins Haus. Gertrud übernahm mit ihrem Mann Willi 1971 das Haus und baute es um. Mit ihnen kamen deren Kinder Stefan und Birgit ins großväterliche Haus und wuchsen dort auf. Der

Schuppen hinter dem Haus verschwand, dort wurde eine Terrasse gebaut, was zu einigem Streit mit den Nachbarn, der Familie Feil, führte, die nicht von der Terrasse begeistert waren. Alberts Verdienst war es, auf seine ruhige Art den Streit zu schlichten und es kehrte auch mit der neuen Generation wieder nachbarlicher Frieden ein. Noch vieles andere wurde im Haus geändert, es wurde sozusagen verjüngt. Das Dachgeschoss wurde entrümpelt, es war nun kein Strohspeicher mehr. Dort baute Willi Spielzimmer und Schlafmöglichkeit ein.

Im Jahr 1977 wurden auch im Nachbarhaus von Anna große bauliche Veränderungen vorgenommen. Aus dem schlanken Einfamilienhaus wurde ein Zweifamilienhaus mit Einliegerwohnung. Dies war möglich, da der Nachbar Herr Reichert 1963 sein Grundstück an Albert Oberhauser und dessen Schwester Anna Siegwart, verkaufte.

(Anbau 1977/1978)

Der Wunsch Michels und Magdalenas, ihrer kleinen Familie eine sichere Umgebung zu schenken, die auch einen Teil der Ernährung sicherstellen würde, dieser Wunsch ging in Erfüllung. Die Obstbäume im Garten und in der Wiese blühen immer noch und tragen ihr Obst. Auch, wenn nicht mehr alle von Michel und Albert gepflanzten Bäume leben. Das Obst der Bäume, die noch tragen und nun sicher 90 oder mehr Jahre alt sind, schmeckt noch so süß wie in den ersten Jahren. Gertruds Bienenhaus steht nicht mehr, an dessen Stelle steht ein kleines, schönes Gartenhäuschen und erinnert nicht mehr an die alte Imkertradition. Nur ich denke immer daran zurück, da ich als Kind Angst vor Bienen hatte und dieses Bienenhaus immer mied. Auch als längst keine Bienen mehr dort wohnten, traute ich der Sache nicht und machte einen großen Bogen um den Bereich.

Das Haus steht wie eh und je da, ist seinen Bewohnern -wie die Engländer sagen – eine sichere Burg.

Was würde dieses Haus noch alles erzählen können, könnte es reden? Sicher viel, viel mehr, als ich hier aus meiner Erinnerung niederschreiben konnte.

Vor einigen Jahren sind die letzten Mitglieder der Familie aus Großvaters Haus ausgezogen und einige Zeit stand es leer - und inspirierte mich zu diesem Gedicht:

Großvaters Haus

Oder: des alten Hauses Traum

Verwaist, verlassen, vergessen
das alte Haus steht traurig leer.
Die Enkel ausgeflogen,
die Kinder nicht mehr hier.

Wie war's doch schön gewesen,
mit Enkeln und Kindern im Haus.
Die Bäume im Garten wachsen
auch sie schau'n nach ihnen aus.

Eine Burg für ihr Leben,
gab Geborgenheit her.
Sie haben's vergessen,
das Haus steht traurig leer.

Unter den Sternen träumt es;
des alten Hauses Traum:
junge Leute kommen,
und Licht erfüllt den Raum.

Blumen und Pflanzen streben,
von Elfen und Feen bewacht,
gute Geister hier wohnen,
mit ihrem Segen bedacht.

Im Garten spielen die Enkel,
sie klettern die Bäume hinauf.
Das Haus will sie beschützen,
und nimmt sie freudig auf.

Nachwort

Was war der Anlass, dieses Buch zu schreiben? Nun, was soll ich dazu sagen? War es der Leerstand des Hauses? War es, als der Auszug von Birgit, Gertruds Tochter, anstand? Oder erst der Auszug von Julia, Birgits Tochter, des letzten Familienmitglieds, welche das Haus bewohnte? Julia, die Ur-Urenkelin von Magdalena und Michel Oberhauser. So viele Generationen unserer Familie hat das „Alte Haus" beherbergt.

Irgendeine dieser Begebenheiten muss bei mir die Überlegung ausgelöst haben, was das „Alte Haus" wohl fühlen möge, was es denken möge, was seine Träume sind.

Hat ein Haus eine Seele? Oder hat ein Haus einen Geist? Fühlt es mit seinen Bewohnern? Oder lebt der Geist der ehemaligen Bewohner in ihm weiter? Ich kann es nicht sagen, denn ich weiß es nicht. Manche Menschen glauben ein Haus habe eine Seele. Andere glauben, dass die Seele oder der Geist ehemaliger Bewohner noch im Haus seien.

Ein Bekannter von mir besichtigte eine neue Wohnung. Er sagte der Vermieterin sofort zu, die Wohnung zunehmen mit der Aussage: „Hier ist ein guter Geist, ich fühle mich hier wohl". So mietete er eine neue Wohnung an. Für ihn war nicht wichtig, wie die Aussicht von der Terrasse war oder ein anderes Kriterium. Er wollte sich wohlfühlen und das ging seiner Ansicht nach nur, wenn das Haus ein gutes Klima hat, eine gute Atmosphäre ausstrahlt, kurz: wenn es einen guten Geist hat.

Darüber zu spekulieren ist ein weites Feld. Die einen glauben an Elfen und Geister, die anderen glauben an nichts. Wer ist im Recht? Ich weiß es nicht. Doch fühlte ich mit dem Haus eine gewisse Traurigkeit während des Leerstandes und begann, vermehrt über das Haus nachzudenken. So fing ich mit der Niederschrift dieses Büchleins an.

Es sollte zuerst nur zwei oder drei Seiten umfassen und die Zeit von 1921 bis zum Besitzwechsel skizzieren. Bald jedoch merkte ich, dass mir das Haus viel mehr bedeutet, denn es ist so sehr verwoben mit dem Schicksal unserer Familie. Somit wurde der Text für mich eine Rückschau auf die Historie der Familie, die ich zum Teil nur aus alten Erzählungen kenne.

Der Rest ist aus meiner Erinnerung. Und da hoffe ich, meine Familie, der ich dieses Büchlein widme, möge mir eventuelle Fehler oder Lücken, verzeihen. Sie mögen mir auch verzeihen, wenn ihre Erinnerungen nicht mit den meinen übereinstimmen. Schließlich liegen einige Jahre zwischen uns, ich bin die jüngste in unserer Generation. Da kann man schon mal etwas nicht wissen, was den älteren bekannt ist.

<u>Das Büchlein ist meine Sicht auf das Haus der Großeltern</u> und unserer Familie. Es will keinen literarischen oder dokumentarischen Anspruch erheben. Einzig möchte ich damit etwas aus der Historie unserer Familie festhalten und an Interessierte weitergeben.

Jede Generation hat ihr Schicksal, muss ihre Anforderungen, die das Leben an sie stellt, bewältigen. Mein Rückblick auf die Leistung unserer Großeltern hat mir gezeigt, wie wenig selbstverständlich es ist und war, was diese taten. Wir sahen vieles vielleicht als normal und selbstverständlich an, doch es war nicht selbstverständlich. Es war eine enorme Lebensleistung unter widrigsten Umständen, die diese Generation erbrachte. Sie waren vom Weltkrieg gezeichnet. Großvater erlebte zwei Kriege und Verwundung. Dazu die familiären Schicksalsschläge, die Evakuierungen. Wenn ich daran denke, macht es mich ein wenig demütig, aber auch dankbar.

Und ich freue mich jedes Jahr auf die Äpfel von Großvaters Baum, die mir bitte weiterhin meine nun neuen Nachbarn über den Gartenzaun reichen mögen.

Dafür schon jetzt ein herzliches Dankeschön!

Die Autorin ist Bankfachwirtin und veröffentlicht seit 1994 Fachartikel, Prosa und Essays. Von 1996 bis 2002 war sie Vorsitzende des Saarländischen Autorenverbandes FDA und Gründungsmitglied Europäischen Kinder- Jugendbuchmesse Saarbrücken.

Sie ist Herausgeberin des Buches „Dahemm - Rendezvous mit dem Saarland" 2002 édition trèves, Trier.